Hans Lucke

Das Täubchen, das den Igel küssen wollte

Illustrationen von
Mahin Khodayaridarviti

Bertuch

Sparkassenstiftung
Weimar - Weimarer Land

Mit freundlicher Unterstützung der Sparkassenstiftung Weimar-Weimarer Land, die sich mit einer großzügigen Spende an der Realisierung des Buchprojektes beteiligt hat.

Von Herzen Dank auch an alle Freunde und Unterstützer, den Verein Vox Coelestis e. V. Weimar und an all die anderen Menschen, in deren Herzen Hans Lucke weiterlebt.

Bertuch

www.bertuch-verlag.com

Illustrationen:
Mahin Khodayaridarviti

Graphische Gestaltung:
Tina Romstedt

Lektorat:
Antje Genth-Wagner

ISBN 978-3-86397-130-4

Prolog

Es war einmal ein Mann, der liebte seine Frau so sehr, dass er ihr zu jedem Geburtstag ein ganz besonderes Geschenk machen wollte. Es sollte einzigartig sein. Statt Blumen entschied er sich für Worte und so schenkte er ihr Märchen und Gedichte. Jedes Jahr eins.

Dieser Mann war der wunderbare Schauspieler, Autor und Regisseur Hans Lucke, leidenschaftlicher Komödiant, Anekdotensammler, engagierter Dramatiker und Hörspielautor.

Seine Märchen – bezaubernd, feinsinnig, verschmitzt – offenbaren einen Geschichtenerzähler, dem der Zugang in das Reich der Elfen und der Feen nie verloren gegangen ist.

Über 30 Märchen und Gedichte hat Hans Luckes Frau auf diese Weise erhalten. Viele von ihnen sind sehr persönlich und nicht für die Öffentlichkeit bestimmt. Doch Freunde des Ehepaares fanden, dass diese rührende Idee es verdient, festgehalten zu werden.

Mit diesem Büchlein dürfen wir einen Blick in Hans Luckes märchenhafte Welt werfen. Einen Blick wie durch eine halb geöffnete Tür, hinter der sich das Verborgene nie ganz dem Betrachter offenbart.

Das Täubchen, das den Igel küssen wollte

Sie lagen in der warmen Sonne auf der kleinen Terrasse hinter der alten Kate. Kein Lärm ringsum, keine Belästigung durch Menschen, wunderbare Ruhe. Der Igel sah blinzelnd, wie eine schwarze Katze herumstrich, die aber wieder verschwand. Das Täubchen räkelte sich in der angenehmen Wärme, die durch ein ganz sachtes Lüftchen gemildert wurde. Sie schwatzten ein wenig.

Der Igel schwärmte von einem Kuss, den er einmal von einem Meerschweinchen bekommen hatte. Das Täubchen erinnert sich, wie sie einmal unbemerkt gesehen hatte, dass der Igel und das Meerschweinchen sich vorsichtig küssten. Sie sagte jedoch nichts und schaute den Igel nur mit schwärmerischem Blick an. Plötzlich erblickte der Igel die Katze, wie sie um die Taube herumschlich, die es nicht merkte. Da rollte sich der Igel kurzerhand zusammen und kullerte auf die Katze los. Die lief erschrocken weg.

Das Täubchen war inzwischen aus seiner Träumerei erwacht und hatte die Rettung durch den kleinen Stachelmann bemerkt. Sie spürte den Wunsch, sich mit einem Kuss zu bedanken. Aber mit diesem spitzen Schnabel?

Ein Seufzer entrang sich ihr. Den vernahm das Eichhörnchen und fragte nach den Sorgen. Das Täubchen verriet ihm den Grund. Das Kerlchen mit dem Puschelschwanz meinte, da müsse man die Eule um Rat fragen. Aber wo war die? Das Eichhörnchen erbot sich, den Weg zur Eule zu zeigen und hopste von Baum zu Baum. Die Taube flatterte ihm nach. Auf dem Ast einer Eiche sitzend gewahrten sie die Eule. Das Täubchen trug seine Kümmernis vor. Die Eule riet, zum alten Hotzenplotz zu gehen, der habe schon vielen geholfen. Aber wo war der zu finden?

Die Eule erbot sich, den Weg zu zeigen und flog los. Das Täubchen folgte ihr und sie kamen an einen kleinen Teich, wo der Hotzenplotz im Schatten eines Strauches lag. Er hörte sich die Sorgen der Taube an und griff zu einer kleinen Dose. Aus dieser kratzte er etwas Salbe. Die rieb er auf den Schnabel des Täubchens. Und dieser wurde ganz weich. So wurde ein Kuss möglich.

Der Magier sagte: „Du musst dich beeilen, die Salbe wirkt nur bis Sonnenuntergang!“ So musste das Täubchen schnell zurück flattern. Dabei sah es immer nach der Sonne, die sich schon dem Horizont näherte. Die Muskeln begannen zu schmerzen, aber die Flügel wurden tapfer weiter bewegt.

Gerade als die Sonne am Rande der Erde ankam, erreichte das Täubchen mit letzter Kraft atemlos den Stachelmann. Der guckte erstaunt auf den Schnabel, der fast wie ein Mund aussah. Und da kam auch schon der Kuss, warm und weich. Der Igel seufzte gerührt und gab den Kuss zärtlich zurück. Gerade noch rechtzeitig. Als die Sonne am Horizont verschwand war der Täubchenschnabel wieder wie eh und je. Aber glücklich ware nun beide.

Das Märchen von der Ameise, die etwas besonderes sein wollte

Im Walde auf der Bergkuppe, wo die klare Hexenquelle sprudelt, findet man einen großen Haufen verdorrter Nadeln von Fichten und Kiefern. Darin herrscht ein lebhaftes Treiben. Es lebt nämlich ein ganzes Ameisenvolk in diesem Berg, der von Jahr zu Jahr größer wird.

Die junge Ameise Emmi schleppte mühsam eine riesige Kiefernadel und hatte es nicht mehr weit, als sie ein dürres Zweiglein überklettern musste, das für sie wie ein dicker Baumstamm im Wege lag. Sie hatte das eine Nadelende geschickt hinauf geschoben, um es auf der anderen Seite herab kippen zu lassen. Es saß still einen Moment da oben, als ein Riese durch das Farnkraut brach. Ein dunkler schwerer Fuß trat auf das Zweiglein, dass es krachte. Ein Stück des gesplitterten Hölzchens flog weit durch die Luft und Emmi mit. Die kleine Ameise fand sich wieder hoch oben auf einem Blatt am Brombeerstrauch und erblickte unter sich den schwarzbraunen Riesen. Sein Rücken reichte fast hinauf bis zu dem Blatt. „Was ist denn das?“ fragte Emmi.

Ein Stimmchen antwortete ihr: „Das ist des Försters Hund“. Auf dem Nebenblatt saß ein Marienkäfer. Emmi hatte von einem Hund bisher noch nichts gehört, geschweige denn gesehen. Sie kannte auch kein anderes Lebewesen von solchen Ausmaßen, doch es beeindruckte sie so sehr, dass sie rief: „Oh, warum bin ich kein Hund? Ich möchte auch ein Hund sein!“

Der Marienkäfer antwortete, das könne sie leicht haben, sie müsse sich nur an den uralten Hirschkäfer wenden. Es heißt aber allgemein, vor dem Hirschkäfer solle man sich hüten. Er habe nichts Gutes mit Ameisen und anderen Wesen des Waldes im Sinn.

Darum fragte Emmi vorsichtig, was denn der uralte Hirschkäfer mit dem Hund zu tun habe, der übrigens mittlerweile verschwunden war. Der Marienkäfer lächelte ein wenig schief. Ob Emmi nicht wisse, dass der Hirschkäfer zaubern könne und sehr gern viele Ameisen in Hunde verwandeln würde, wenn er nur dürfte. Es war ihm nämlich nur gestattet, solche Wesen in eine andere Gestalt zu verwandeln, die ihm ausdrücklich ihr Einverständnis gegeben hatten.

„Nichts leichter als das!” rief Emmi und ließ sich auf dem Rücken des Marienkäfers zur alten Eiche tragen, wo der uralte Hirschkäfer hauste.

Der war sehr freundlich zu Emmi und legte ihr bloß ein vergilbtes Birkenblatt vor, auf dem etwas geschrieben stand. Sie sollte den Abdruck ihres rechten Vorderfüßchens darunter setzen zum Zeichen ihres Einverständnisses mit der Verwandlung. Sie musste das Füßchen vorher in eine blaue Flüssigkeit tunken. Kaum hatte sie so den Vertrag unterzeichnet, als der uralte Hirschkäfer sie bat, den Eichenstamm herabzulaufen. Er werde sie unten erwarten. Das war aber ein ziemlich langer Weg für Emmi und immer kopfunter. Ihr war ganz duselig als sie unten anlangte und alle sechs Füßchen schmerzten.

Doch da stand der Zauberer und hatte sein Geweih mit Spinnweben geschmückt. Er hieß sie, sich auf ein

Steinchen zu stellen und die Augen zu schließen. Dann sprach er mit tiefem Gebrumm seine Zaubersprüche und Emmi wurde es ganz und gar schummerig im Kopfe. Sie sah nichts als sie die Augen öffnen wollte. Es zog und riss sie am ganzen Leibe. Dann schwanden ihr alle Sinne.

Wie lange sie ohne Besinnung war, wusste sie nicht. Aber auf einmal sah sie wieder und zwar aus einem ganz anderen Blickwinkel als zuvor, von oben nämlich. Seltsam genug jedoch stand sie dabei auf ihren Beinen und die kamen ihr dick vor wie junge Baumstämme. Zugleich bemerkte sie eine Menge Gerüche, die sie vorher nie wahrgenommen und Geräusche, die sie bis dahin gar nicht gekannt hatte. Der Wald schien plötzlich nicht mehr so riesen hoch und das Farnkraut gar reichte ihr nur noch knapp über den Kopf. Es musste Tiere im Wald geben, die sie nie gesehen, von denen sie nie gehört hatte, deren Namen sie nicht einmal kannte. Aber zu riechen waren sie, obgleich nicht zu sehen. Ganz langsam kam ihr der Gedanke: Jetzt bin ich ein Hund!

Ein Stimmchen meldete sich und Emmi wandte den Kopf in die Richtung, aus der es sprach. Auch dies war für sie eine völlig neue Erfahrung, konnte sie doch als Ameise den Kopf nicht drehen! „Und? Zufrieden?“, fragte der Hirschkäfer, zu dem das Stimmchen gehörte. Eben noch ein Ungetüm, war er auf einmal lächerlich klein.

Emmi wollte einen Freudenpiepser ausstoßen, doch es wurde ein Ton wie Sirenengeheul, ein richtiger Hundefreudenjauler. Zugleich wollte sie in die Luft springen und wunderte sich, dass sie mit den Füßen nicht zurechtkam. Der Hirschkäfer war nicht mehr zu entdecken. Emmi beschloss durch den Wald zu streifen. Aber sie kam einfach nicht voran! Sie stolperte und hinkte, verfing sich in den eigenen Beinen und lag bald hilflos da.

Sie erhob sich wieder und erblickte vor sich ein Eichhörnchen, das meckernd etwas in die Baumkrone rief. Von dort antworteten der Häher und zwei Krähen. Aus allen Richtungen kamen Tiere herbei, Rehe, Wildschweine und Hasen, und stellten sich im Kreis um Emmi. Alle guckten erst erstaunt, blökten, grunzten und mümmelten dann einander an und schließlich fing eine Krähe an zu lachen.

Emmi setzte an zu einem gewaltigen Sprung, wie sie es bei großen Hunden gesehen hatte. Sie hoffte, zwischen den Farnstauden zu verschwinden. Aber aus dem Sprung wurde nichts, sie fiel auf die Nase und das tut einem Hund bekanntlich sehr weh. Noch mehr schmerzte sie aber das anschwellende Gelächter der Tiere und der Ruf des Hähers: „Herbei! Herbei! Ein Hund mit sechs Beinen!“

Jetzt begriff die arme Emmi. Als Ameise hatte sie mit sechs Beinen laufen gelernt, aber als Hund besaß sie einfach zwei Beine zu viel. Kein Wunder, dass sie dauernd stolperte und fiel. „Armer Hund“, hörte sie eine Stimme und erblickte einen Fliegenpilz.

Emmi weinte bitterlich und wünschte nichts sehnlicher, als wieder eine Ameise zu sein. Aber der Fliegenpilz redete ihr zu, der uralte Hirschkäfer müsse alles in Ordnung bringen, denn er habe mit seiner Zauberei gepfuscht. Es sei ihr gutes Recht, Nachbesserung zu verlangen und auf vier Beinen zu stehen, nicht auf sechs. Er sagte Nachbesserung, wie es bei den Menschen heißt, denn er galt im

Walde als der verlässlichste Kundige in allen Gesetzen. Emmi aber schluchzte mit Hundestimme, sie wolle ja ihre sechs Beine haben, jedoch als Ameise und nie wieder wolle sie ein Hund oder sonst ein großes Tier sein.

Da schob sich zwischen zwei Huflattichblättern der uralte Hirschkäfer hervor und stammelte eine Entschuldigung. Er könne das mit den Beinen nicht korrigieren, sagte er, wohl aber den ganzen Zauber rückgängig machen. Emmi nickte dreimal mit ihrem Hundekopf und er sprach den langen Zauberspruch einwandfrei rückwärts. Emmi schrumpfte auf der Stelle zusammen und konnte sich auf ihren sechs Beinchen flink bewegen wie zuvor. Nur auf dem Rücken ist ihr ein einzelnes Hundehaar geblieben und das wird von den anderen Ameisen sehr bestaunt.

So ist sie also doch noch etwas Besonderes geworden.

Die Vogelhochzeit

Das Nest mit dem Hochzeit feiernden Vogelpärchen war gut besucht von Gratulanten aller Arten: Wiedehopf, Elster, Schwalben, Spatzen oder Zeisige. Das Gezwitscher war zuweilen lauter als das Rauschen der Blätter im Winde. Das Brautpaar empfing alle mit Flügel schlagender Freude. Um das Nest herum herrschte so ein Geflatter und Getöne, dass ein Fuchs, der da schnuppernd herumstreifte, die Flucht ergriff, Was die Vöglein sehr amüsierte und zu stolzen Rufen verleitete.

Mit einem Male aber schwiegen sie und lauschten einem ungewohnten Ton, der sich näherte. Da erblickten sie einen fremden kleinen Mann mit Zipfelmütze und Fanfare. Dem folgte eine Schar von Wichtelmännern, die Balken und Bretter schleppten. Daraus bauten sie geschickt und schnell eine kleine ebene Fläche auf dem buckligen Waldboden. Hin und wieder winkten sie hinauf zum Nest. Bald war eine glatte Fläche errichtet, da ertönte wieder die Fanfare am Wichtelmund. Und nun kamen zwischen den Strauchblättern sechs Wichtelfrauen hervor, mit weißen Strumpfhosen und Ballettröckchen. Sie betraten die Bühne und warfen Kusshändchen dem Brautpaar zu. Darauf holten die Wichtel

Blasinstrumente heraus und begannen einen Walzer zu spielen, den die Frauchen charmant tanzten. Brautpaar und Gäste riefen „Bravo"! Und dann setzte die Kapelle an zu einer Polka. Da kannte der Jubel keine Grenzen. Wie die Frauchen die Beine warfen! Der Vogelbräutigam fiel beinahe aus dem Nest vor Begeisterung. Schließlich brachte ein Wichtel zwei kleine – für die Vögel aber große – Flaschen herbei. Die waren rasch geleert und zum Glück brach die Dunkelheit herein. Von dem Getränk und seinen Folgen war fast nichts mehr zu sehen. Zu hören aber doch!

Der Frosch

Der Lehrer sagt
Das Fröschlein quakt
und eine Magd
hat nachgefragt
was Fröschlein plagt.

Das Fröschlein lacht
die wahre Pracht
bei Tag und Nacht
ob laut ob sacht
wenn frisch gewagt
der Frosch nur quakt.

Heinzelmännchen Bobo

Heinzelmännchen Bobo kam vom Waldspaziergang und fand Bibi, seine Frau, tränenüberströmt vor dem Holunderbusch, wo sie sitzengeblieben war und jetzt mit Tränen in den Augen hinauf blickte, wo das Vögelchen saß, welches gar so traurig sang – ein Pirol. Flugs lief Bobo zurück und kam bald wieder mit einem kleinen Napf.
Hinein goss er aus seiner Feldflasche Wasser und trat beiseite. Tatsächlich, der kleine Vogel flog herab und trank eifrig. Sodann flog er zurück auf den Busch und sang weiter – traurig wie zuvor.

Die gute Bibi weinte weiter. Bobo saß ratlos und bekümmert bei ihr. Endlich kam ihm ein Gedanke. Er lief zurück durch den Wald bis zum Forsthaus. Durch ein offenes Kellerfenster schlüpfte er hinein. Im Halbdunkel sah er sich um und fand endlich was er suchte – ein Fläschlein. Dies schleppte er angestrengt zurück.

Der Vogel sang noch immer voll Melancholie und Bibis Tränen tropften nur so, zu Bobos Kümmernis. Mit Mühe schraubte Bobo den Verschluss vom Fläschlein und goss den Inhalt in den Napf. Er zog sich etwas zurück und sah erfreut, wie das Vögelchen erneut herabflatterte und trank. Zunächst stutzte der Kleine, doch dann trank er umso gieriger. Leicht taumelig flog er wieder hinauf und atmete durch. Dann aber sang er wieder und zwar so fröhlich, dass sogar die Krähe verdutzt lauschte. Mit Freude flog sie davon und verbreitete die Nachricht vom Wandel des traurigen Pirols zum fröhlichen Tenor im ganzen Walde. Neugierig kamen sie nun alle und staunten nur so. Bald aber stimmten sie ein und durch den ganzen Wald schallte der Chor der Geflügelten, wie es nie zuvor zu hören war.

einahe hätte es geklappt

Sebastian wollte reisen
– auch ohne Mutti mal –
bis hinter Großwaldschneisen
dort war er schon einmal.
Im Omnibus nach Dessau
hat Bastl nichts berappt
und trotzdem hat die Reise
bis dahin gut geklappt.

In Dessau hat sein Magen
auf einmal randaliert,
und Bastl wollte fragen
ob ihm wer was spendiert.
Bei keinem, den er ansprach
hat Bastl Glück gehabt,
und trotzdem hat die Reise
bis dahin gut geklappt.

Eisenbahn zu fahren
wollt' Bastl lange schon,
die Autos alle waren
ihm keine Sensation.
Er reiste ohne Fahrschein,
als Schwarzfahrer verkappt,
und trotzdem hat die Reise
bis dahin gut geklappt.

Die Frau im Nebensitze
aß Butterbrot mit Wurst.
Der Bastl sprach: „Ich schwitze
vor Hunger und vor Durst."
Und hat sich ihre Stulle
mit schnellem Griff geschnappt,
bis dahin hat die Reise
ganz gut ja noch geklappt.

Doch kurz vor Großwaldschneisen
da kam die Schaffnerin.
Ja, ohne Fahrschein reisen
ist leider hier nicht drin.

Mit einem Mordsgezeter
hat er sie voll gelappt,
und trotzdem hat die Reise
nun gar nicht mehr geklappt.

Im Bahnhof Quarzgemengel
holt ihn ein Polizist.
„Du bist der freche Bengel,
den Mutti so vermisst.“
Bastl war verdattert
und sah sich gleich geschnappt,
und seine schöne Reise
zusammen nun geklappt.

Dort bei der Polizei
sie wollte ihn versohlen.
Die Mutter wollt ihn holen,
und er war froh dabei.
Der Bastl fand, zum Reisen
ist er noch nicht begabt,
und trotzdem hat die Heimfahrt
im Auto gut geklappt.

Unfug

Auf Konstantinopel
reimt sich Popel
und auf die Schul
kommt Istambul.
Um den Werrafluss zu sehen,
fährt man weiter nach Athen.
Den Steffansdom in Wien
trifft man in Berlin.
Doch der Kölner Dom
steht in Rom.
An der Ostsee liegt Italien
und am Bosporus gar Spanien.
Aber die Türkei
grenzt an die Slowakei.
England such am Roten Meer
Japan kommt gleich hinterher.
Pflück am Nordpol Apfelsinen
Vorsicht! Stechgefahr von Bienen!
Und das Krokodil
liegt in der Saale ganz grazil,
Sperrt den Schnabel auf und piept
dass es solchen Unfug gibt.

Mimi, das Marienkäferchen

Mimi flog aus, um Ausschau zu halten nach Blattläusen, deren Absonderungen dem Papa und der Mama so gut schmeckten. Auch Mimi naschte gerne von dem süßen Saft, den die Läuse hergaben. Aber seit einiger Zeit waren die besten Weiden dieser gut zu melkenden Tierchen auf den Taubnesseln ringsum besetzt von Ameisen, die den süßen Stoff auch gern schleckten. Und die Ameisen ließen niemanden heran. Darum hatten die Eltern Mimi gebeten, auf Erkundung in die Wiesen zu fliegen.

So summte Mimi frohen Sinnes zwischen den sonnenbestrahlten Blättern der Sträucher, umrundete mit kühnem Schwung eine große rotgelbe Tulpe und landete geschickt auf einem Halm im weiten Grasfeld. Mimi erfreute sich am sanften Schwanken des Halmes, das in ihren Augen die waldähnlichen Büschel ringsum auf und nieder gehen ließ. Da fiel ihr Blick auf eine langbeinige Grille, die auf einem Rhododendronblatt hockte und die Fühler aufgeregt bewegte. Mimi war ein wenig neidisch auf diese langen Beine, die so winkelig sich regten und sie sprach die Grille an: „Du hast schöne

Beine und du kannst auch noch Musik machen damit, wenn du willst".

Die Grille setzte ein dünnes Lächeln auf und antwortete mit leiser Stimme: „Das Musizieren ist mir nur nach Sonnenuntergang erlaubt, Kleine. Aber dir muss ich sagen, dass mir deine Punkte auf den Flügelchen gefallen. Dergleichen hätte ich auch gern!"

Geschmeichelt hob Mimi ihre kleinen, roten Flügel ein wenig und ließ sie ganz langsam wieder schließen. Die Grille aber fuhr fort: „Auf jedem Flügel drei Punkte, das macht zusammen sechs. Sechs Punkte! Wie schön!"

Mimi wiederholte das Auf und Ab mit den Flügelchen und ließ vor Eitelkeit ein kleines Schmatzen vernehmen. Das verging ihr freilich, als die Grille fortfuhr: „Nun sind sechs Punkte zwar sehr hübsch, wenn sie so gleichmäßig verteilt sind wie bei dir, aber die rechte Kunst ist das nicht. Die würde sich einstellen, wenn du statt der geraden Zahl eine ungerade vorzeigen könntest mit deinen Punkten".

Mimi regte sich ein bisschen auf, sie habe ja eigentlich sieben Punkte, weil in der Mitte noch einer saß, verteilt auf beide Flügelchen. Doch das ließ die Grille nicht gelten: „Ach", wehrte sie geringschätzig ab, „das ist nichts Halbes und nichts Ganzes. Eine künstlerische Anordnung auf den Flügeln, links drei, rechts vier Punkte, Kleines, das wär`s!"

Um ein Haar wäre Mimi von ihrem Halme gepurzelt, so traf sie diese Gemeinheit aus Grillenmunde. Sie überlegte eine freche Antwort, etwa so: „Du willst doch bloß angeben, dass du bis sieben zählen kannst, aber ich kann bis hundert".

Doch die Grille fuhr bereits fort, ihre Weisheit zu verkünden: „Die Sieben, musst du wissen, ist nämlich seit alters her bekannt als eine der Zahlen mit Zauberkraft. Ich will dich nicht zu sehr anstrengen mit Rechnerei, die du ohnehin nicht verstehen würdest", sagte die Grille von oben herab, „Lass dir also nur sagen", fuhr sie fort, „dass beispielsweise die Eins, wenn man sie durch sieben teilt und das Ergebnis verdoppelt, verdreifacht, ja verfünffacht, eine Summe ergibt, die nachher, wieder mit sieben multipliziert, eine glatte Reihe von Neunen ergibt".

Mimis Kopf brummte, war doch Mathe nicht gerade ihre Stärke. Doch die Grille war in ihrem Element und so fuhr sie fort: „Lassen wir die Zahlenakrobatik einmal beiseite, so ist jedenfalls wahr, dass die Sieben seit alters her als heilige Zahl schlechthin gilt. So kam die siebentägige Woche auf, es gab im Altertum die sieben Weltwunder, man kannte die sieben Weisen und die sieben Tore Thebens. Die jüdische Religion kennt sieben Schöpfungstage, den siebten Tag als geheiligter Tag der Gottesruhe und den siebenarmigen Leuchter.

Im christlichen Glauben kennt man die sieben Gaben des Heiligen Geistes, die sieben Tugenden, die sieben Todsünden, man spricht von dem Buch des Lebens als dem Buch mit den sieben Siegeln. In den Märchen ha ben wir die sieben Raben, die sieben Geißlein, die sieben Zwerge".

Hier musste die Grille nun kurz Luft holen um dann mit verächtlichem Ton ihren Vortrag zu beenden: „Wer dich nun mit sieben Punkten daherkommen sähe, der wollte wohl glauben, dass in dir ein großes Geheimnis steckt. So aber gehst du nur als ganz gewöhnlicher Marienkäfer durch die Welt. Schade!"

Mit dem letzten Wort setzte die Grille an zu einem Sprung, der sie in unglaublicher Geschwindigkeit aus dem Sichtfeld Mimis brachte.

Das Marienkäferchen schaukelte noch ein wenig am Grashalm ehe es sich aufschwang zu weiterem Fluge, der ihm jedoch auf einmal seltsam anstrengend vorkam. Selbst die liebe Sonne schien nicht mehr zu wärmen und zu laben. Dem schönen Grün schien plötzlich ein seltsames Grau beigemengt. Mimi ärgerte sich, dass sie nur ein ganz gewöhnliches Käferchen sein sollte und so gar nichts Besonderes. Blöde Punkte! Aber doch gleichmäßig verteilt auf den Flügelchen. Wer weiß, ob der siebte Punkt nicht eine Verschiebung des Gleichgewichts mit sich brächte. Und dann wäre der Flug des Käferchens viel unsicherer als jetzt.

Anderseits, ein magisches Käferchen zu sein, wäre doch sicher nicht so übel! Mimi grübelte. Ob man etwa ein noch weiseres Wesen als die Grille um Rat fragen sollte? Als das Höchste an Weisheit gilt die Eule ..., überlegte Mimi, ... also fliege ich jetzt zu der alten Eiche dort, in der sie tagsüber meist hockt.

Wirklich saß die alte graue Eule auf einem knorrigen Aste, nicht so leicht zu entdecken zwischen den Eichenblättern. Mimi flog heran und ließ sich auf einem Blatt dicht neben der Alten nieder. Sie wagte aber nicht zu sprechen, weil die Eulenaugen fest geschlossen waren. Mimi erinnert sich, dass die großen Grauen hauptsächlich nachts unterwegs sind. Und so weilte sie ratlos und unentschlossen auf dem Blatte, den Blick unverwandt auf den Vogel gerichtet, der so weise sein sollte und vielleicht so stumm war, weil er über vieles nachdachte.

Endlich fasste Mimi sich ein Herz, das bei Marienkäfern im Verhältnis zum Leibe ziemlich groß zu sein scheint, und rief: „Hallo, Eule, hör doch mal! Euuuuuleee!”

Ein Augenlid des grauen Vogels hob sich ein wenig. Mimi spürte einen grimmigen Blick hinter dem schmalen

Schlitz und hielt den Atem an. Fast wäre sie vom Blatt gefallen, als der Schnabel sich öffnete und eine tiefe Stimme sprach: „Quatschkopp. Ich bin keine Eule. Ich bin der Uhu“.

Wenn man jemanden falsch anredet, hat man mit seinem Anliegen schon wenig Aussicht auf Erfolg. Zumal in diesem Falle, wo „die Eule“ statt „der Uhu“ auch noch eine Verwechselung von Dame und Herr einschloss. Mimi wurde es im Augenblick heiß und gleich wieder fror sie unter ihren Flügelchen. Sie überlegte, ob sie nicht besser davon flöge und den grauen Vogel allein ließe, bevor er auch noch behauptete, eigentlich und überhaupt heiße er „Kauz“! Aber da öffnete sich der Schnabel des großen Grauen und seine Worte klangen beinahe lieblich. „Ach Kleines“, sagte die Eule, die doch ein Uhu war, und das Augenlid hob sich ein wenig höher. Da fasste das Marienkäferchen wieder Mut und sprach vom Blatt herab: „Ich komme zu dir, weil alle Welt rühmt, wie weise du bist.“

Die federumsetzten Ohren von Eule oder Uhu wackelten und drehten sich, ein sachtes Nicken des großen Kopfes bestätigte Mimi, dass sie das rechte Wort gefunden hatte. Nun konnte sie ihr Anliegen ohne Stottern und Herzklopfen vortragen: Den heißen Wunsch nach dem siebten Punkt – auf dem einen Flügel drei auf dem anderen vier Stück. Was, fragte sie mit neuem Herzklopfen, musste sie anstellen, um zu diesem magischen Schmuck in künstlerischer Gestalt zu kommen? Der Uhu öffnete die großen gelben Augen, und Mimi fühlte sich wie im Scheinwerferlicht, wie angestrahlt, ganz allein in völliger Dunkelheit vor einer Menge von neugierigen Zuschauern. Dabei schien die Sonne und niemand guckte hin.

„Ja“! schnarrte der Uhu, „so ein Punkt ist nicht einfach zu haben. Man könnte es vielleicht mit Bauchluft versuchen, die mit Fettbruchstücken angereichert ist, die wiederum von einem Wesen stammen, welches sich hauptsächlich ernährt von Edelkörnern, wie sie die Menschen züchten. Da trifft es sich gut, dass ich vorhin eine Maus gefressen habe, die sich in den Kornfeldern vorm Walde rum getrieben hat. Von deren Edelkornfett sollte genug in mir stecken. Und wenn du von meinem Atem, den ich aus dem Bauch pumpe, einen ganz tiefen Zug tust, wird dir bald der Gedanke einfallen, wie du zu deinem zusätzlichen Punkte kommen kannst.“

„Au fein“, rief Mimi und zuckte aufgeregt mit den Flügelchen. „Und wie machen wir es, dass ich ganz viel von deiner Bauchluft einziehen kann?“

„Das ist nicht schwierig. Während ich jetzt ganz tief einatme, setzt du dich auf meine Schnabelspitze und atmest aus. Sobald ich die Luft aus meinem Schnabel strömen lasse, atmest du ein – und fertig“. Der Uhu klappte den Schnabel zu, schloss die Augen und öffnete den Schnabel sogleich wieder ganz weit, um mit brausendem Geräusch die Luft einzuziehen. Mimi sah die Schnabelspitze an und wollte schon den Hopser genau dort hin wagen, als sie heftig erschrak. Wenn der Uhu die Maus gefressen hatte, so würde ihm wohl der Marienkäfer eine willkommene Nachspeise sein! Hatte nicht Mama erzählt von einer Base, die so einem Räuber zum Opfer gefallen war? Hui! Die Flügelchen hoben und senkten sich wie rasend, das kleine Kerlchen stieg auf und umflog den dicken Eichenstamm in einer Eile, die es fast mit den flinken Schwalben hätte aufnehmen können.

Wie ein Düsenjäger kam sich Mimi vor, als sie mit noch schnellerem Flügelschlag von der Eiche weg strebte und die Wiese wieder vor sich sah. Sie landete zwischen zwei Traubenhyazinthen, versteckte sich gut und wartete mit Herzklopfen ab. Wenn nur der verfressene Uhu nicht hinterher kam. Das Käferchen ärgerte sich über das Herzbubbern, bei dem es nicht so gut lauschen konnte, ob der Flügelschlag des großen Vogels sich näherte. Endlich ließ das Bubbern nach, die Geräusche ringsum und in der Luft oben waren deutlich vernehmbar. Kein Flügelschlag zu hören. So ließ alsbald das Herzbubbern nach, es schlug wieder ganz normal, der Atem ging ruhig.

Ein Summen kam näher. Mimi erkannt einen Maikäfer, der sich einer Hyazinthe näherte, um an den Blättern zu knappern. Der Dicke erblickte die Kleine und nickte artig: „Magst du auch Hyazinthen?“ Mimi fielen die Blattläuse wieder ein und der Auftrag, den Mama und Papa erteilt hatten. Deshalb sagte sie verwirrt: „Ich suche Taubnesseln“. Der Maikäfer fuchtelte mit den Fühlern und gab ein Lachen von sich. „Taubnesseln! Du bist ein armes Luder, mit dir hab ich Mitleid.“ Schon wieder einer wie die Grille, dachte Mimi, fehlt bloß noch, dass er schade sagt. Und da fing Mimi an zu weinen, bitterlich. Der große Braune guckte verdutzt und faltete die Fühler vor Verlegenheit. „Hab ich dich gekränkt, Kleine? Das wollte ich nicht.“

Mimi schluckte die Tränen herunter und piepste: „Es ist bloß, weil ich mich so über die Grille geärgert habe. Du bist nicht Schuld daran. Diese garstige Langbeintante hat mich zum Uhu geschickt und der hätte mich beinahe verschluckt. Und alles nur, weil ich einen Weisen suche, der mehr drauf hat, als bis hundert zählen. „Weise gibt es auch andere als den Uhu. Aber gefährlich sind sie fast alle.“ meinte der Maikäfer.

Die Sonne hatte schon ihren Abstieg zum Abendrot genommen und das Marienkäferchen war hungrig und müde; es nahm schon manches nicht mehr wahr. Es flog in sicherer Entfernung von allen Lügenbolden und Mäusefressern über die Wiese, dem elterlichen Nest zu, das es hinter dem großen Hagebuttenstrauch wusste.

Die Mama schaute ungeduldig aus nach dem Kindchen und atmete erleichtert auf, als Mimi heran summte. Sie sagte mit deutlichem Vorwurf in der Stimme: „Wo warst du denn so lange, Kleine? Die Sonne geht bald unter, ich hatte solche Angst um dich, wo doch so viele Gefahren in Wald und Wiese lauern!" Etwas sanfter fuhr sie fort: „Aber gewiss hast du eine schöne Blattlauswiese gefunden und kannst uns morgen früh hinführen". Vom schnellen Flug noch außer Atem japste Mimi nur ein paar undeutliche Töne. Das war aber auch ein wenig Ratlosigkeit, dieses Japsen, weil sie der Mama doch nicht sagen konnte, wie sie den Tag vertrödelt hatte. Die Eltern werden sie auslachen, fürchtete sie. Und das ertrug die Kleine schwer. Ausgelacht werden tut der kleinen Seele gar nicht gut. Und wenn sie jetzt auch noch zugab, dass sie die Zeit verschwendet hatte mit der Suche nach dem siebten Punkt, dann setzte es womöglich ein wahres Hohngelächter. Vor allem, wenn der Onkel Siggi dazu käme, der oft zu Besuch weilte. Der konnte so höhnisch lachen! Also schwieg Mimi und atmete heftiger als eigentlich nötig. Das besänftigte die Mama, die nun sprach: „Du bist erschöpft, mein Kleines, du hast wohl sehr genau und beflissen gesucht den ganzen Tag. Da danke ich dir sehr".

Nun schämte sich Mimi und wären ihre Flügelchen nicht schon rot gewesen, sie hätten in der folgenden Minute vielleicht regelrecht geglüht. Die Mama erzählte nämlich, dass Papa eine ganze Blattlausherde entdeckt habe auf seinen Erkundungsflügen. Und dazu hatte er noch rings um den Strauch, auf dem die Läuse weideten, nicht eine einzige Ameise gesehen, so sehr er den Boden absuchte. Man war also sicher vor den Giftspritzen, mit denen die Ameisen ihre Blattlausbestände verteidigten. Morgen in aller Frühe würden die Eltern mit Mimi aufbrechen, um die neu entdeckte Quelle des süßen Läusesaftes zu besuchen und sich satt zu trinken. Das, sagte Mama, wäre dann die Belohnung für Mimis eifriges Suchen, wenn es auch ohne Erfolg geblieben war.

Da wäre die Kleine vor lauter schlechtem Gewissen beinahe vom Blatt gefallen und in den Kuhfladen darunter. Von dem siebten Punkt sagte sie keinen Ton. Diesen Abend nicht und überhaupt nicht mehr in ihrem ganzen Leben.

Paul und die Hexe

Der kleine Paule hatte sich beim Einsteigen behende zwischen den Großen hindurch gedrängelt und einen Sitzplatz im Bus ergattert. Den brauchte er, weil ihm das Lesen im Stehen gar zu schwer fiel. Er hatte doch gerade erst Lesen gelernt und großen Spaß daran, das Märchen von Hänsel und Gretel, welches er aus Omas Mund längst kannte, nun ganz alleine zu erleben. Die Oma erzählte ihm viel, sang mit ihm und sie bauten zusammen aus bunten Steinen die herrlichsten Schlösser, Raumschiffe, Raubritterburgen und Roboter. Oma besaß keinen Fernseher und Paule vermisste ihn nicht, solange er bei ihr war.

Die leichte Schultasche hatte Paule vom Rücken genommen, hielt sie auf den Knien und darauf lag das Märchenbuch. Er war bei der Stelle angelangt, wo Hänsel aus dem Käfig heraus der Hexe einen Knochen durchs Gitter hinhielt, als der alte Mann neben ihm etwas sagte. Paule hörte nicht hin, denn er ärgerte sich über die alte Hexe, die den armen Hänsel, der ihr doch gar nichts getan hatte, fett füttern und schlachten wollte. Der Mann neben ihm stupste ihn sogar an und zeigte auf die weißhaarige Frau, die vor Paule stand. Mühsam hielt sie sich an der Stange oben fest und sah hinaus auf die Straße. Bei jeder Kurve, jedem Bremsen wankte sie. Paule aber musste doch lesen!

Er hörte den Mann schimpfen, weil er der Alten seinen Sitzplatz nicht anbot, doch er stand nicht auf. Die Alte erinnerte ihn an die Hexe und auf die hatte er gerade richtig Wut. Was die den Kindern antun wollte! Er wusste ja, dass die Geschichte gut ausging, aber er wollte es selber lesen. So schön es war, wenn die Oma ihm vorlas, es war doch etwas ganz anderes, die Nase selber in ein Buch zu stecken.

Er dachte nebenbei an die Sache mit der Hexe, die so schön singen konnte und die Männer, die bei ihr einkehrten, in Schweine verwandelte. Davon hatte Oma erzählt. Auch so eine Hexengemeinheit.

Die weißhaarige Frau sah Paule an. Er spürte den Blick und guckte hoch, obwohl er eigentlich nicht wollte. Ihre Augen glänzten grünlich, ihm schien, sie flimmerten. Und nun wusste er es genau: Die war auch so eine! Trotzig las er weiter. Er hätte beinahe das Aussteigen verpasst. Er verließ den Bus wie immer an der Haltestelle am Park. Er genoss es, bei jedem Wetter, durch den Park zu gehen, sich die Bäume anzuschauen, die Enten und Schwäne im Fluss zu beobachten, die Stimmen der Vögel zu unterscheiden.

Beim Denkmal des großen Musikers merkte er, dass die weißhaarige Alte ihm folgte. Er ging schneller, aber der Abstand zu ihr wurde nicht größer. Er vernahm ihren Schritt und das Auftappen ihres Stockes dicht hinter sich. Und er glaubte zu hören, wie sie etwas zischelte zwischen ihren faltigen Lippen. War es ein Zauberspruch? Galt der etwa ihm? Gleich würde er an den Hang gelangen, wo der Weg steil abwärts führte, dort käme die Alte gewiss nicht mehr mit.

Kaum aber hatte er den Fuß dorthin gesetzt, so wurde er von heftigem Verlangen gepackt, auf allen Vieren zu gehen. Das ist schwierig! Auf allen Vieren bergab! Er tat es trotzdem, weil er plötzlich das Gefühl hatte, auf zwei Beinen könne er überhaupt nicht laufen. Die weißhaarige Alte vergaß er, denn er wunderte sich, wie leicht ihm dieses Laufen auf Händen und Füßen doch fiel. Dabei übte er es in ganz seltsamer Weise: immer links Hand und den Fuß gehoben, dann rechts-links, rechts, links rechts …

Ein merkwürdiger Wunsch befiel ihn, er wollte vom frischen Gras naschen. Seine Unterlippe schien auf einmal größer und härter zu sein, auch schob sie sich weit vor. Die Schulmappe drückte nicht mehr, sie war wohl mit seinem Rücken verwachsen. Nahe dem Fluss schnupperte er das Wasser und merkte, wie seine Nasenlöcher ungeheuer groß wurden. Das Wasser zog ihn mächtig an, er suchte eine günstige Gelegenheit, am Steilufer hinunter zu gelangen. Da schrien vom anderen Ufer her Mädchen und zeigten aufgeregt auf ihn: „Ein Kamel im Park, ein Kamel!“

Er sah sich um. Da war kein Kamel zu sehen. Und langsam begriff Paule, was geschehen war … Oh, die verdammte Hexe!

So schnell er konnte auf seinen vier Beinen und in der seltsamen Gangart, rannte er weg von den Mädchen. Sie schrien immer noch. Als er die kleine Brücke überquert hatte, war niemand mehr zu sehen, auch von der Hexe bemerkte er nichts. Schnell schob er sich zwischen die Zweige eines Gebüsches und stand zitternd da. Was würde bloß die Oma sagen, wenn er als Kamel bei ihr klingelte!

Er wusste nicht, wie lange er in dem Gebüsch gewartet hatte, geschüttelt von Gedanken, die Purzelbaum schlugen. Langsam trabte er über die große Wiese, dem Weg zu, der bergan führt zur Straße, wo Oma wohnte. Sein Kopf baumelte am langen Hals.

Der hätte fast die alte weißhaarige Frau umgerannt, so war er in Gedanken unterwegs. Sie ging vor ihm, bepackt mit zwei großen Taschen, den Stock hatte sie nicht mehr. Sie ächzte und setzte mit einem Seufzer die Taschen ab. Paule wollte vorüber gehen, blieb aber gegen seine Willen stehen. Die weißhaarige Frau sah ihn traurig an aus ihren grünen Augen. „Es ist kein Spaß, so alt zu sein“, lächelte sie. Verwundert hörte Paul sich sagen, sie könne ihm ja die Taschen aufladen, er würde sie ihr tragen, wohin sie wolle. Wozu sind denn Kamele da?

Sie lachte froh und schwang eine Tasche nach der anderen, um sie auf seinen Rücken zu werfen. Wieder wunderte sich Paule, denn vom Gewicht des Gepäcks spürte er nichts. Ich bin vielleicht schon ein großes Kamel, dachte er.

Er wollte die Alte fragen, wohin es nun ginge. Aber er sah sie nicht mehr. Er richtete sich auf und ließ seinen Blick durch den Park schweifen. Die Alte blieb verschwunden. Er wollte rufen, hielt aber vorsichtshalber den Mund, denn er wusste nicht, ob es ein Kamelschrei würde. Er reckte seinen Hals und stellte fest, dass er nicht mehr so lang war wie eben noch. Er tastete nach seinem Rücken, weil er das Gepäck nicht spürte und

hielt erschrocken inne: Da war nichts als seine Schultasche. Er wunderte sich, weil seine Vorderfüße nun wieder Hände waren, und wusste nicht, ob er sich freuen sollte, dass er wieder auf zwei Beinen stand. – Richtig froh wurde er aber erst, als Oma zu ihm sagte: „Da bist du ja, mein Paule“.

Selma, die Amsel

Im Garten, am gelben Haus steht ein großer Ahornbaum. Auf einem seiner höchsten Äste sitzt häufig die kluge Amsel Selma. Meist trillert sie ihre Rufe über die anderen Vögel, da hier ihr Gehege ist. An einem besonders warmen Abend sitzt sie wieder so und pfeift und trillert vor sich hin. Da wird das Fenster im gelben Haus, das ihrem Lieblingsast gerade gegenüber liegt, geöffnet. Neugierig hopst sie auf dem Aste ein Stück näher und beäugt die Frau am Fenster, die ihrerseits keinen Blick auf das Tierchen hat. Ihre ganze Aufmerksamkeit gilt einem Kasten auf dem Tisch links, der seltsame Töne von sich gibt und aufgeregt flimmert.

Das hat Selma noch nie gesehen. Die Frau setzt sich in einen weichen Sessel vor den Flimmerkasten und starrt ihn an. Es dauert eine Weile, bis Selma begreift, dass das Flimmern aus Bildern besteht und die Töne meist der Menschensprache entsprechen. Die sie freilich nicht beherrscht. Aber es sind auch noch andere Töne da. Die könnten Musik bedeuten, was sie schon einmal auf der Wiese vor dem großen Zelt vernommen hat. Jetzt schließt die Frau das Fenster wieder, ohne einen Blick von der Flimmerkiste zu nehmen.
Die Amsel ist froh, dass sie nicht bemerkt wurde. Aber nun fällt ihr ein, was sie eigentlich unternehmen wollte. Sie fliegt in kühnem Schwung hinab zur Wiese und hopst suchend über das frisch gemähte Gras. Nicht lange sucht sie, schon hat sie den fetten Regenwurm erspäht, der sich eilig retten will in die dunkle Erde. Zu spät! Selma erwischt ihn und hat ihn bald verspeist. Ein rascher Flügelschlag trägt sie hinüber zum Nachbargarten, wo sie den Napf mit Wasser weiß. Ein kräftiger Zug, der Durst ist gelöscht. Jetzt kann der Abend kommen, der Schlaf wird tief sein.

Am folgenden Abend, nach mancherlei Abenteuern tagsüber, sitzt Selma wieder auf ihrem Lieblingsast im Baum am gelben Haus. Diesmal findet sie das Fenster bereits geöffnet, der Kasten flimmert und tönt, die Frau ist nicht zu sehen. Desto näher wagt sich Selma, um den rätselhaften Kasten zu besehen und zu belauschen. Ihre Aufmerksamkeit ist derart in Anspruch genommen, dass sie nicht wahrnimmt, wie sich auf ihrem Ast ein zweiter Vogel niederlässt. Den bemerkt sie mit leichtem Schrecken erst, als er mit tiefer Stimme sagt: „So ein Blödsinn“. Sie sieht ihn an, er wendet sich ihr zu. Es ist ein Kuckuck. Selma vergisst sich zu wundern über die

Frechheit des anderen, sich einfach auf ihrem Lieblingsast nieder zu hocken. Sie fragt ihn: „Wieso, was?“

Der Kuckuck stellt sich vor: „Ich heiße Arno“ und richtet den Schnabel gegen das Fenster. „Das da, der reine Quatsch!“

Er sieht die Amsel an, als hielte er sie für dumm. Sie spürt das und erwidert hochmütig: „Sie wissen es besser als die Menschen!“

Arno zuckt ein wenig mit den Flügeln und lässt ein Kichern hören. Plötzlich wird es Selma klar: Der Kuckuck versteht am Ende sogar die Menschensprache. Wie konnte er sonst erkennen, dass es sich bei der Kiste um Blödsinn handelte. Und sie stellt dem erstaunten Vogel die entsprechende Frage. Der Kuckuck ist verwundert: „Du verstehst die Sprache von denen nicht?“ Selma gesteht, dass sie nur einige Sprachbrocken kennt und zu deuten weiß. Zu wenig, um das Geschnatter des Kastens zu verfolgen und zu begreifen. Darauf sagt Arno mit betonter Großmut, er sei bereit, ihr das alles zu erklären.

Die dicke Frau aus dem gelben Haus kommt, sieht auf den Kasten und drückt einen Knopf. Das Bild wechselt im Nu. Auf einmal sind bunte Würmer auf dem Bildschirm. Selma versteht gar nichts mehr. Der Kuckuck lacht: „Die Menschen aber auch! Die züchten Würmer, die können sich in so einem Kasten hinein mogeln und fressen ihn von innen auf. Hast du Töne.“ Der Kuckuck setzt neu an, um davon zu fliegen.

Auf einmal spricht Selma ganz aufgeregt: „Halt, Herr Arno. Erzählst mir hier etwas von Menschensprache. In Wirklichkeit willst du nur herauskriegen, wo mein Nest ist, und wann ich meine Eier dorthin lege. Ich weiß doch, wie ihr Kuckucksleute das handhabt. Wartet ab, bis unsereins gelegt hat und schmuggelt dann eure Eier ins Nest, die wir mit ausbrüten und groß füttern. So seid ihr! Und wenn es dann geschlüpft ist aus dem Kuckucksei, macht es sich über unsere eigenen Kleinen her, schmeißt sie aus dem Nest und frisst sich groß und dick. Das willst Du, deshalb willst du mir alles erklären! Aber hüte dich vor Anselm, das ist mein Mann, groß und stark und in der Wut nicht zu besiegen. Der macht Katzenfutter aus dir.“ Der Kuckuck sieht die Amsel an und fliegt endlich davon.

Auch Selma schwebt langsam hinab auf die Wiese und macht sich auf die Suche nach einem schmackhaften Regenwurm. Diesmal dauert es lange, bis sie einen findet. Es liegt vielleicht daran, dass sie sich immer wieder umschaut, ob der freche Kuckuck nicht irgendwo lauert, um sie beim Aufsuchen ihres Nestes zu beobachten. Außerdem geht es ihr immer noch durch den Kopf, wie gut Herr Arno die Menschensprache beherrscht. Ob er das wohl gelernt hat bei einem anderen Menschenhaus? Die Kästen gibt es ja überall und sie bieten vielleicht eine gute Gelegenheit, die Sprache zu erlernen. Denn das weiß Selma: Wer nicht nur seine eigene Sprache kennt, sondern auch andere, findet sich besser in der Welt zurecht. Über diese Erkenntnis wäre ihr beinahe der Regenwurm entgangen, der sich zwischen zwei Spitzwegerichhalmstummeln hervor wagt und schwups hat ihn der Amselschnabel erwischt. Sie schluckt ihn vor Freude hastiger herunter als gewohnt.

Und danach trinkt sie von dem Wasser. Als sie zum Nest kommt, findet sie ihren Mann Anselm dabei, einen letzten kleinen Zweig im Geflecht zu befestigen. Er hat ein Lob verdient, der Gute, sie legt ihren Schnabel an seinen Hals und piepst in lieblichen Tönen. Anselm genießt ihre Zuneigung und zeigt die seine mit einem Antwortpiepsen, das schon ein kleines Lied sein könnte. Sie kuscheln sich ins Nest.

Am Morgen ruft von Ferne der Kuckuck. Selma ist schon wach. Anselm aber piepst unwillig, weil er geweckt wurde. Vor allem hat er Hunger, er kennt aber nicht die besten Stellen, wo man fette Würmer kriegen kann. Die weiß Selma. Die ist im Augenblick nicht auf Fressen aus, sie denkt an den Kuckuck, der vielleicht ein Ei in ihr Nest schmuggelt, wenn sie ihre erst gelegt hat. Anselm richtet sich auf und gähnt noch einmal herzhaft. Dann macht er ein wenig Flügelgymnastik und verkündet: „Ich besorge dir einen Wurm“. Damit fliegt er davon. Sein Weibchen blickt ihm mit großen erstaunten Augen nach. Sie beschließt ihren Anselm, wenn er wirklich einen fetten Wurm bringt, am Abend mitzunehmen zu ihrem Lieblingsast am gelben Haus.

Aber der Wurm, den Anselm nach einer Stunde bringt, ist klein und mager. Darum fliegt Selma doch wieder allein zum Lieblingsast, von dem Anselm nichts weiß. Diesmal steht das Fenster wieder auf, die Frau sitzt vor dem Kasten. Selma bemüht sich, am Kasten die Menschensprache zu üben, doch das ist schwerer als sie dachte. Der Mensch im Kasten redet zu der Frau, die ihn offenbar versteht. Jetzt ist der Mann weg, dichter grüner Wald ist auf einmal zu sehen. Da ist gewiss ein Kuckuck. Wenn er auch etwas anders aussieht als Arno. Bunter. Ein Mann sagt, dass er einen Kuckuck über das Meer gebracht habe, der aber hier die Wälder unsicher mache.

Am Abend erzählte Selma, sie hat von einem ganz neuen Kuckuck vernommen, der mit Menschen übers große Wasser gekommen sei und gegen die heimischen Vögel vorgeht. Anselm wundert sich, was seine Frau alles weiß. Er hat noch nie vom großen Wasser gehört. Geschweige denn von großen Schiffen, auf denen Menschen herumfahren. Sie verrät ihm nicht, woher sie alle diese Kenntnisse hat. Anselm ist stolz auf seine kluge Frau. Er freut sich auf die Eier, die sie bald legen wird. Daraus werden kluge Amselchen schlüpfen.

Selma fliegt recht zufrieden auf ihren Lieblingsast. Großzügig hat sie Anselm mitgenommen. Er sitzt neben ihr, sie sehen beide durch das offene Fenster auf den Kasten, vor dem wieder die Frau sitzt. Diesmal ist in dem Kasten kein Mensch. Es sind Tiere – Würmer – die sich überall hindurchbeißen. Die kluge Selma versteht das. Plötzlich sitzt sie wie erstarrt, rührt sich nicht, gibt nicht ein Tönchen von sich. Anselm reckt besorgt das Köpfchen, wackelt ein wenig mit den Flügeln. Selma bleibt starr und stumm.

„Ist dir nicht gut?“, fragt der besorgte Anselm. Sie sitzt weiter ohne Regung und schweigt. Er schlägt vor, ob er ihr einen Wurm vielleicht schön hinlegen und ihr ein kleines Abendlied singen soll. Da erschrickt er, weil ihrem Schnabel sich ein Ton entringt, wie er ihn noch nie von ihr gehört hat. Es ist ein schreckliches Krächzen, ein fast wildes Gegacker, wie man es nur von Eichelhähern kennt. Der arme Anselm hüpft vom Ast darunter als hätte ihn eine Riesenhand gestoßen.

Ratlos sieht er seine Frau an, wie sie weiter starr und stumm ist. Mit leiser Stimme fragt er, ob ihr nicht wohl sei, ob er ihr vielleicht mit einer Holunderbeere helfen könne. Holunderbeeren kennt man in der Familie als Hausmittel gegen alle möglichen Krankheiten. Jetzt aber tut Selma den Schnabel auf und wettert los. Er ist ein ungebildeter Vogel, der die Menschensprache nicht versteht, darum weiß er nicht, wie gefährlich so ein Wurm werden kann, wenn er erst mal gegessen ist.

Ob es nun ein Kasten ist oder ein lebendiges Wesen, der Wurm wird innen alles aushöhlen und austrocknen, versengen oder auffressen. Sie weiß es ganz genau, denn sie kennt die Menschensprache.

Anselm wagt zu sagen, dass sie da unter Umständen etwas nicht richtig verstanden haben könne, weil sie von der Sprache nur ein paar Brocken aufgeschnappt hat. Das bringt Selma erst recht in Wut. Mit hoher Stimme schreit sie ihn an, er sei ein träger Vogel, zu faul zum Lernen. Mag er an seiner Dummheit zugrunde gehen, sie wird keinen einzigen Wurm mehr fressen.

Anselm piepst noch einen Widerspruch, die Eier, die sie zu legen hat, müssten von fetten Würmern genährt werden. Doch sie schnattert „Du weißt nichts von Schiffen, hast keine Ahnung vom großen Wasser und willst mich mit deiner Unwissenheit zugrunde richten."

Damit hebt sie ab und schwirrt hinaus ins Blaue, das bald von der Abendsonne rötlich gefärbt wird. Anselm ist derart erschrocken und gelähmt, dass er den Versuch, ihr zu folgen, sogleich abbricht.

Er hat sie am nächsten Tag gesucht im ganzen Revier. In allen Gärten, unter allen Hecken, bei dem kleinen Badeteich, am Wassernapf. Überall. Am Abend hat er sie endlich gefunden unter dem Ahornbaum beim gelben Haus. Sie lag im Grase und atmete nur noch ganz schwach. Er verstand, dass sie seit gestern nichts zu sich genommen hatte vor lauter Angst. Zum Glück fiel ihm eine List ein. Bei der Suche nach ihr hatte er eine Stelle entdeckt, wo es von Regenwürmern nur so wimmelte.

Dorthin flog er schnell, erhaschte einen der dicken kleinen Kriecher, zerhackte ihn rasch und geschickt und wickelte die Teile in Blättchen vom Stachelbeerstrauch. Diese Portion wiederum wickelte er in ein Lindenblatt und trug sie darin zum gelben Haus. Wirklich, Selma lag noch dort. Ihr Atem war kaum noch zu spüren. Vorsichtig klemmte er ihr den Schnabel ein wenig auseinander und schob das Stachelbeerblatt mit der Fleischeinlage hinein. Die Amselfrau biss zaghaft zu, begann zu schmatzen, schluckte und sperrte ihren Schnabel von selbst auf. So fütterte er seine Frau mit dem ganzen fetten Wurm und bald war sie so bei Kräften, dass er mit ihr zu der Wasserstelle eilen konnte.

Sie hat artig weiter gefressen und nie wieder die Menschensprache erwähnt. Bald darauf legte sie fünf Eier, die sie gemeinsam mit Anselm ausbrütete. Sie hielten beide wachsam Ausschau nach dem Kuckuck, der aber ließ sich nicht sehen oder hören.

Hans Lucke

geboren 1927 in Dresden, spielte er erfolgreich an verschiedenen sächsischen Bühnen, u. a. am Staatsschauspiel Dresden. Hier begründete er das berühmte Kabarett „Herkuleskeule" mit und debütierte als Bühnenautor. Sein Wirken am Deutschen Theater Berlin gilt als Höhepunkt seiner schauspielerischen Karriere. Hans Lucke arbeitete darüber hinaus für Film und Fernsehen, sowohl als Schauspieler, Regisseur und Autor. 1973 war er als Regisseur am Volkstheater Rostock tätig und unterrichtete an der dortigen Schauspielschule. Ab 1986 verlegte er seinen Wirkungskreis zunächst nach Erfurt, später nach Weimar, wo er als freier Schriftsteller, Dramatiker, Hör- und Fernsehspielautor sich einen Namen machte. Hier beschäftigte er sich intensiv mit der Weimarer Klassik und Nachklassik. Seine Komödie über Goethes Kammerdiener Carl Stadelmann wurde am Deutschen Nationaltheater Weimar unter seiner Regie uraufgeführt und stand dort mehrere Jahre auf dem Spielplan. Darüber hinaus schrieb Hans Lucke eine vielbeachtete Biographie des Weimarer Großherzogs Carl Alexander von Sachsen-Weimar-Eisenach. In seiner Novelle „Jud Goethe" verbanden sich Buchenwald und Weimarer Klassik, sie gilt als Höhepunkt seiner schriftstellerischen Arbeiten. Hans Lucke starb 2017 mit 90 Jahren in Weimar.

Foto: Peter Michaelis

Inhalt